買書就送 馬上解鎖 3 大數位資源！

紙本＋數位 = 學習效果加倍

音檔、補充學習資源隨時帶著走！

立刻進入你的專屬資源

1. 對話、單字發音全收錄！

含單字、片語發音，邊聽邊學最有效！還可一鍵下載音檔，想聽幾遍都沒問題！

001 Unit 1 Planning a Trip 計劃旅行
▶ 播放整回 ⬇ 下載整回
- 002 Conversation
- 003 Vocabulary
- 004 Q&A

2. 練習完馬上看參考答案！

各單元「旅遊英語輕鬆聊」**參考答案**一鍵查看，不用翻頁、不怕找不到，自學超有效率！

🔖 收藏本書
⬇ 全書音檔　📄 參考答案
旅遊英語情境補充包 →

3. 獨家贈送｜旅遊英語情境補充包

精選 30 篇延伸內容 × 文化小知識，出國最有感的英文輕學習！從「殺價買伴手禮」到「吃不完怎麼打包」，每篇都是實用 × 有趣 × 立刻能用的旅遊英語關鍵場景！

精選主題搶先看！

- 報復性旅遊英文怎麼說？Revenge travel 正夯！
- on the rocks 是什麼？旅遊餐廳常見英文地雷破解
- 計程車上怎麼說「這裡下車」？小費怎麼給？別再硬說 tip！
- 超實用購物英文：「刷代幣」、「不用找零」怎麼講？
- 行李超重怎麼辦？Check-in 英文對話救援！

不限裝置隨時看，旅遊英語即時補給，出國更安心！

跟著《旅遊英語情境補充包》這樣學，
單字、片語秒上手、出國會話不卡關！

真人老師精彩講解
快速掌握關鍵句型 × 道地說法！

文化小知識
不當觀光客，秒變在地通！

> **飛機上的小知識**
>
> 機場的廁所一般叫 restroom 或 bathroom，而飛機上的廁所則叫 lavatory。相比日常生活中常用的 toilet 或飛機上使用 lavatory 這個字，可以讓乘客感覺更正式更專業。
>
> Excuse me, where is the lavatory?
> 不好意思，請問廁所在哪裡？
>
> The lavatory is at the back of the plane
> 廁所在飛機的後方。
>
> 別記成 laboratory 囉，那是「實驗室」的意思！

單字＋例句，聽了就會！
滑到哪聽到哪，免查字典！

螢幕關掉也能播！
支援語速調整、循環播放！

旅遊英語
這樣學最有效！

Travel English Made Easy

65 個情境 × 真人示範 × 互動口說練習

序 Preface

　　無論你是第一次出國的新手旅人，還是經常飛來飛去的資深背包客，語言，永遠是通往世界的一把關鍵之鑰。尤其在機場、飯店、車站、景點、商店、餐廳等地，若能用英語清楚表達需求、應對突發狀況，旅途就能多一分安心，也多許多樂趣。

　　本書《旅遊英語這樣學最有效！：65 個情境 × 真人示範 × 互動口說練習》正是為了這樣的需求而誕生。全書分為 8 大主題，共 65 個單元，從**行前規劃**、**搭機**、**住宿**、**交通**、**觀光**、**美食**到**購物**與**緊急狀況**，每一單元都根據真實情境設計，幫你一次掌握旅程中最常用的英語對話。

　　更棒的是，本書搭配**專業朗讀音檔**與**實境短片**，帶你體驗並且聽懂、說對每句旅遊關鍵英文。並且因應趨勢，我們導入 **ChatGPT AI 互動功能**，讀者可以拍攝書中對話內容並輸入指令，即可與 ChatGPT 練習口語對談，彷彿擁有一位隨身英文教練，陪你練到開口自然、出口成章。

　　在資訊發達、全球化的今天，「說得出口」比「知道怎麼說」更重要。本書希望帶你從「讀英文」進入「用英文」的境界，讓語言成為你探索世界的幫手，而不是旅途中令人緊張的阻礙。就用這本書，帶你自信開口說英文，讓你的每一次旅行更順利自在，也更充滿驚喜！

使用說明 User's Guide

全書音檔下載
＋
旅遊英語輕鬆聊
參考答案

🔒 真人朗讀 + 情境影片
學習更有感、記憶更深刻。

實境對話 Go!
🔊 貼近真實情境的英文對話
從對話中學習**自然語用**與**情境表達**，並附**中文翻譯**，讓你輕鬆理解內容。

旅遊字詞補給包
✨ 單字 + 片語 + 例句
搭配音標、詞性、例句與中譯，快速累積實用字彙。

Unit 01　Planning a Trip 計劃旅行

單元音檔 001-004　對話影片 Unit 1

實境對話 GO !

B Belle（貝兒）　**A** Alex（艾力克斯）

Alex and Belle are planning an around-the-world trip.

B This is going to be **terrific**. We're going to go all across **the globe**.
A I can't wait. Did you tell your parents yet?
B They said once we know where we are going and for how long, we can talk about it **in depth**.

A 太棒了。我在書上看到說我們應該要在令人放鬆的沙灘上待幾天來均衡一下艱辛的旅程。
B 這聽起來就像美夢成真。我們先穿越香港和中國如何，然後我們可以走到泰國和越南。
A 之後，我們是否該往南去印尼及澳洲，或是往西去緬甸、尼泊爾和印度？
B 這是個好問題。雖然我們是要環遊世界，但我們還是得依時間和預算來挑選地點。會有很多地方是我們無法去的。

旅遊字詞補給包

1. **terrific** [təˋrɪfɪk] *a.* 極好的，極棒的
 This five-star restaurant is famous for its terrific steaks.
 這家五星級餐廳以好吃的牛排聞名。

2. **the globe** [glob] *n.* 地球，世界
 Through this commercial, we can reach people around the globe.
 透過這支廣告，我們就能讓全世界的人認識我們。
 　commercial [kəˋmɝʃəl] *n.* 商業廣告

3. **in depth** 深入地；詳細地
 The detective didn't investigate the petty theft in depth.
 該警探並沒有深入調查這起小竊盜案。
 　petty theft [ˏpɛtɪ ˋθɛft] *n.* 輕微竊盜